LETTRE
A MADAME
DU BOCAGE,
SUR
SA TRAGÉDIE
DES AMAZONES.

A UTRECHT.

MDCCXLIX.

LETTRE A MADAME DU BOCAGE, SUR *SA TRAGÉDIE* DES AMAZONES.

MADAME,

Que vous êtes heureuſe ! vous faites vos amuſemens, de ce qui fait l'occupation des grands hommes : vous tenez dans vos mains les fleurs & les fruits : & tandis que les Singes manqués de Corneille & de Racine, courent, & ſuent pour atteindre ces deux modéles, qu'on n'a encore pû imiter, & qu'ils ont l'affligeante mortification de ne les ſuivre que de vûe, vous faites voir dans un eſſai, que pour peu que vous veuilliez porter votre attention dans le choix des ſujets que vous traiterez à l'avenir, vous vous éleverez ſans peine à la ſublimité de l'un, & acquerrez la délicateſſe de ſentiment de l'autre.

Le *Paradis* de *Milton*, dont vous avez enrichi la Littérature Françoiſe, nous annonçoit en vous un génie vaſte, & capable de grandes productions ; ſi quelques négligences, qui s'y ſont gliſſées, ont épuiſé les traits de la Critique, on n'a pû cependant se refuser à la force & à la noblesse de l'expression, à l'harmonie de la versification, que vous avez purgée (passez-moi ce terme) de ces épithetes bousoufflées, dont nos Auteurs modernes croyent enrichir leur poësie : vous avez suivi le goût de St. *Evremond* qui dit :

J'aime mieux les simples beautés
Des emportemens concertés,
Que la sublime extravagance,
Dont je vois faire tant de cas;
Ce merveillenx, cette excellence,
Qu'on admire, & qu'on n'entend pas.

L'ordonnance que vous avez gardée dans l'ensemble du Poëme, fait preuve de la justesse de votre jugement. La hardiesse avec laquelle vous avez traduit un aussi excellent original, vous a fait sécouer le joug ennuyeux de la Traduction,

& brisant ses fers, qui ne sont faits que pour les esprits médiocres: vous avez échauffé votre version d'un feu qui imagine, conçoit & crée en même tems: vous seule aussi étiez en droit d'adopter cet enfant qui nous étoit étranger: tout autre que vous auroit en effet risqué sa perte, en lui faisant passer la Mer.

Mais pour la composition d'un Dramme, il faut à cet esprit vaste joindre une grande connoissance du cœur humain, beaucoup de jugement, pour resserrer dans l'unité de tems, de lieu & d'action les événemens les plus intéressans du Héros qu'on met sur la Scene: c'est là ce qu'on appelle avec raison la pierre de touche du génie. La carriere où vous entrez, Madame, est épineuse; pour peu qu'on se représente que dans vingt-quatre heures, dans un même lieu, toutes les parties doivent concourir à une catastrophe, qui pour surprendre & fraper le Spectateur, ne doit point être prévue, quand il faut pour élever l'esprit & toucher le cœur que toutes les Scenes, pour bien courtes qu'elles soient, renferment une exposition, un nœud, & un dénouement; & que l'ensemble de cette même Scene soit une action accessoire à la principale, & qu'elle ne serve qu'à la faire sortir: on ne doit point être surpris, si l'on voit des Génies du premier ordre s'épouvanter de la multiplicité, & de la sévérité de ces régles, & sortir de la carriere presque dans le même instant qu'ils y sont entrés. Mais que ne peut, & que ne doit point entreprendre l'Auteur du *Paradis* de *Milton*? Cependant, Madame, vous croiriez que je vous trompe, ſi je me bornois à vous louer. *Orithie* fait ſi bien ſentir à *Menalipe* que trop de zéle devient quelquefois ſuſpect, qu"il n'eſt pas poſſique vous ne ſoyez vivemenr pénétrée de cette vérité : je n'ignore pas* qu'auprès de vous trop de zéle eſt un crime. Vous allez donc voir dans votre Apologiſte, un Critique qui exercera ſes traits contre les défauts dont il a été frapé dans la Tragédie des *Amazones* ; l'impartialité ſera la baſe, & votre eſtime l'objet de ſes obſervations. Je me comporterai de façon que vous ne ſçaurez ſi vous aurez à vous plaindre, ou à vous louer de moi.

En général, Madame, votre ſu-

* Sçachez qu'auprès des Grands trop de zéle eſt un crime.

jet n'eſt pas aſſez intéreſſant ; & vous avez fait courir les riſques de beaucoup de reſſemblances : il eſt trop ſimple, & c'eſt ſans doute cette ſimplicité, ou pour mieux dire, la diſette d'événemens, qui vous a réduite à étendre beaucoup plus vos Dialogues, & à les charger de quelques épiſodes, qui en ont ralenti la vivacité, principalement dans le ſecond & troiſiéme Acte.

L'épiſode, vous le ſçavez, Madame, fût-il paré de toutes les beautés les plus brillantes de la Poëſie, figure mal ordinairement dans un Poëme, dont l'action doit faire tout le mérite.

Le Spectateur s'intéreſſe, ou ne s'intéreſſe point à l'action principale ; dans le dernier cas le Poëme eſt manqué, & dans ſon principe & dans ſa fin ; dans le premier, l'épiſode fatigue le deſir curieux des personnes dont on veut captiver l'attention. Nous ne souffrons qu'avec peine qu'on divertisse notre esprit du point de vûe qu'on offre à nos regards : combien l'Auteur lui-même ne hazarde-t'il point le succès de sa piéce par cette distraction épisodique ?

J'ai vû avec un plaisir, que je ne sçaurois exprimer, la précision, la justesse, & la clarté qui régnent dans le premier Acte; peut-être même y a-t-il de l'excès : je crois avoir un peu trop prévû la castastrophe.

Vous auriez pû jetter un peu plus d'art dans le soupçon de rivalité, que l'amour d'*Orithie* lui inspire contre *Antiope*, & j'ose même avancer qu'il n'a pas paru assez fondé : cependant, Madame, je retracte d'avance mon observation, si elle porte à faux.

J'aurois voulu qu'*Orithie* eût été plus agitée des mouvemens contraires de tendresse, & de l'amour de l'indépendance ; peut-être alors m'auroit-elle plus attendri sur sa situation. Cette remarque, Madame, est justifiée par le grand effet qu'à produit son entretien avec *Thésée*, dans le quatrième Acte.

Je vous avoue, Madame, que je n'ai pas trouvé ce Héros dans son vrai caractère ; il ne m'à point paru assez grand, & assez élevé : car s'il avoit rendu quelqu'autre personne qui l'eût moins connu qu'*Hidas*, dépositaire de la confidence qu'il lui fait de ses exploits, elle auroit pû avec raison le soupçonner. Faut-il le dire enfin ? il est Grec, & je le trouve trop Espagnol : d'ailleurs comment ce Héros, qui connoît, & qui sent tout l'étendue du pouvoir de l'amour, eſt-il ſi inſenſible à celui de la Reine? on peut plaindre ſans aimer: un cœur épris pour tout autre objet que pour celui qu'il a enflammé, accorde au moins une compaſſion obligeante, lorſqu'il eſt dans la ſituation critique de refuſer des ſoupirs. *Théſée* devoit donc être plus compatiſſant, & moins fanfaron; il auroit par cette conduite juſtifié ſon amour, & celui d'*Antiope*.

J'ai regardé comme un chef-d'œuvre la déclaration qu'*Orithie* lui fait de ſon amour: l'eſprit, le cœur, la décence, le titre de Reine, tout enfin y eſt ménagé avec une adreſſe digne de nos parfaits modéles.

Mais comment, après avoir parlé ſi profondémen le langage de la plus vive tendreſſe, avez-vous pû remplir avec une ſi noble fécondité le caractére de *Menalipe* ? c'eſt à un génie auſſi ſouple que le vôtre, & qui ſe plie facilement à la variété des caractéres, que nous devons le plaiſir d'admirer une abondance ſi variée : cependant, Madame, permettez-moi de dire que je l'ai trouvée un peu bornée dans *Antiope* ; je penſe qu'elle céde un peu trop aiſément aux tranſports de *Théſée*, & qu'elle auroit dû, liée par la reconnoiſſance qu'elle doit à *Orithie*, & par le préjugé dont elle a été alaitée, ne pas ſe déterminer ſi-tôt, en Héroïne de Cithére, à ſuivre ſon Héros. Car enfin elle eſt Amazone, & vous avez prétendu nous la donner pour telle.

L'Ambaſſadeur de *Gelon* auroit produit une ſituation qui nous auroit intéreſſés à *Antiope*, ſi *Orithie* avoit un peu dissimulé, & si elle eût suspendu par divers motifs de politique, le consentement trop précipité qu'elle donne au mariage de cette Princesse : les mœurs de sa Nation, le soin qu'elle avoit pris de la naissance d'*Antiope*, étoient des raisons plus que suffisantes pour la balancer : & enfin les charmes d'une paix nécessaire, auroient en favorisant son amour pour *Thésée*, rendu ce consentement plus plausible. Un peu plus d'art, & cette Scene auroit réchauffé l'acte déja réfroidi par la lenteur des Dialogues.

Des connoisseurs m'ont fait sentir que le refus d'*Antiope* devoit hâter le départ de cet Ambassadeur, qui revient fort mal-à-propos menacer sans ménagement la Reine dans son Palais : il me semble même qu'il n'a pas gardé toute la décence attachée à ſon caractere, & qu'on ne peut violer impunément en préſence d'une Tête Couronnée.

Antiope n'eſt qu'un très-foible reſſort dans l'enſemble; qu'elle diſparoiſſe, ou qu'elle occupe la Scene, je ne me ſens pas plus attaché à ſa préſence, qu'affligé de ſon abſence. D'ailleurs, Madame, elle eſt tellement épiſodique & hors d'œuvre, que vous ne pouviez la rendre intéreſſante, ſans faire perdre au moins autant d'intérêt à *Orithie*, qu'on en auroit pris à la premiere; & tout intérêt diviſé eſt ordinairement l'écueil d'un Poëme.

Menalipe, Madame, eſt un caractére ſoutenu dans toutes ſes parties; elle eſt autant Amazone dans ſes diſcours que dans ſes actions : je la vois par tout altérée de ſang, & par tout digne de la Couronne qu'*Orithie* lui laiſſe pour héritage. Son Dialogue avec *Theſée* mérite de trouver place dans les détails les plus travaillés de *Corneille* ; & je ſuis aſſuré qu'il ſe feroit gloire de l'avoir produit. Toutes les beautés, ſoit pour la ſituation, ſoit pour l'élégance du ſtyle, ſoit pour la délicateſſe du ſentiment, pour la liberté de la verſification, ſoit enfin pour l'énergie de l'expreſſion ſe ſuivent ſi rapidement dans le quatriéme Acte, qu'il m'a été impoſſible d'en retenir..... Cependant un défaut de mémoire ſi marqué tiendroit un peu de l'affectation. Je me rappelle les Vers ſuivans avec tant de plaiſir, que je ne puis m'empêcher de leur donner une place dans cette Lettre.

PREMIER ACTE.

SECONDE SCENE.

ORITHIE dit:

Les Mortels dont le front est ceint du Diadême
Ne connoissent de loi que leur pouvoir suprême,
Souvent jugeant à tort de leurs motifs secrets,
De la plus juste cause, on blâme les effets.
Nous devons mépriser la censure publique,
Et dans tous ses détours suivre la politique;
Sa prudence inconnue aux vulgaires humains,
Par un crime apparent prévient des maux certains.

Ceux de la troisiéme Scene du même Acte n'ont pas été moins applaudis.

ORITHIE.

Je le croyois ainsi, mais hélas! la grandeur
Ne sert qu'à soutenir les caprices du cœur;
Confiante en sa force, ignorant les contraintes,
Ses desirs véhémens triomphent de ses craintes,
Et les réflexions d'un grand cœur amoureux,
Autorisent son choix & nourrissent ses feux.

Le Vers que *Théſée* répond dans le ſecond Acte à *Hidas*, ſon confident, eſt d'autant plus beau qu'il eſt ſimple : il lui dit, parlant de la mort :

A force de la voir, ſans crainte on l'enviſage.

Celui qu'*Orithie* dit à *Menalipe*, en parlant des Loix, n'a pas été reçû moins favorablement du Public.

Leurs leçons & les Dieux ſont les guides des Rois.

Son couplet dans la troiſiéme Scene du troiſiéme Acte eſt travaillé : elle dit à *Antiope*.

Pour le bonheur du Peuple on établit les Loix,
Mais le beſoin préſent change ou reſtraint leurs droits ;
L'œil du Législateur n'a pû voir la meſure
Des divers intérêts de la race future :
Souvent le mal prévû nous arrive le moins,
Et d'autres accidents y exigent d'autres ſoins.

La réponse que *Thésée* fait à *Orithie* dans le cinquéme Acte, amene un Vers qui peint expressivement l'ingratitude : *Orithie* lui dit :

Ah ! que ce trait flatteur peint bien un cœur
ingrat !

J'ai apperçû une certaine gêne dans les ressorts qui meuvent le cinquiéme Acte ; ils ne jouent pas avec la même aisance que les autres, ce qui a altéré un peu l'effet que devoit produire la catastrophe : j'en devine la cause. Vous avez craint sans doute de vous rencontrer avec *Ariane* ; mais, Madame, vous deviez vaincre cette délicatesse trop scrupuleuse. Le départ d'*Enée* dans *Didon* a-t'il moins de succès, quoiqu'il soit précédé de celui de *Thésée* dans *Ariane*.

La méprise de *Menalipe* auroit eû tout le succès que vous pouviez vous promettre, si *Thésée* ne l'eût point annoncée. Il falloit que le premier récit fût succédé d'un récit de cinq à six Vers, fait par une Confidente, qui auroit mis en plein jour l'erreur de *Menalipe*; & *Thésée* qui l'auroit suivie de près, n'auroit pas été regardé comme un homme qui revient par un miracle à la vie: les événemens ainsi entassés auroient remué les Spectateurs.

Je suis mortifié qu'à la nouvelle de la mort de *Thésée*, *Antiope* & *Orithie* ne se livrent pas plus vivement aux transports d'une perte semblable: toutes deux également intéressées, ne devroient-elles pas donner à leur cœur un essors d'autant plus libre, que ce Héros immolé par *Menalipe*, ne peut plus jouir de leur foiblesse?

J'oubliois de vous dire, Madame, que la chute du second Acte est trop détachée ; elle laisse un vuide insuportable : quelques Vers de plus, animés d'une pensée, ou d'une maxime qui sortît du fond du sujet, le fermeroient plus heureusement.

Que résulte-t-il donc de cette Critique, qui paroît d'abord d'une amertume insuportable ? Qu'il est fort peu d'Auteurs dont le style soit aussi aisé & aussi élégant ; que le sujet du Poëme a été traité avec une agréable sublimité, à quelques négligences près ; que l'ordonnance en est judicieuse & exacte ; que l'on doit regretter les ornemens d'un cadre qui contient un tableau si simple, que ce coup d'essai fait ſur un ſujet plus fertile en événemens, auroit pû paſſer pour un coup de maître: que le Théâtre regretteroit à jamais cette perte, ſi vous vous atrêtiez au commencement de votre carriere; que véritablement créatrice de votre verſification, elle n'appartient à perſonne: & qu'ainſi, par la facilité, les agréables inverſions, & les penſées neuves qui y régnent, l'on voit en vous les heureux germes du talent le plus ſupérieur. J'oſe éſpérer, Madame, qu'élevée comme vous l'êtes au-deſſus des foibleſſes de votre Sexe, & que ſourde à la voix d'un amour-propre mal entendu, vous ne prendrez point occaſion de vous indiſpoſer contre moi, de l'exactitude de ma critique.

L'éloge eſt ordinairement ſuivi d'une fadeur qui dégoûte les perſonnes, qui comme vous, ſavent penſer. Un zéle indiſcret vous offenſeroit ſans doute : je ſuis perſuadé que votre eſtime ſera plutôt le prix de ma Critique, que de l'apologie que je pourrois faire de vos Ouvrages. Je vous la demande, Madame, avec autant de ſincérité que vous pouvez en avoir trouvé dans ces Obſervations, que je vous prie d'agréer comme une marque diſtinguée du reſpect qui vous eſt dû, & avec lequel, je ſuis,

MADAME,

Votre &c.

www.ingramcontent.com/pod-product-compliance
Ingram Content Group UK Ltd.
Pitfield, Milton Keynes, MK11 3LW, UK
UKHW020548230726
13925UKWH00006B/2471

9 782014 081565